「羽衣屋」是一家「好吃的服裝店」。
想變得好吃的食物都會來這裡買衣服。
今天是一年一度的美食大賽，
從早上開始店裡就非常熱鬧。

好吃的服裝店

野志明加／文圖
蘇懿禎／譯

「我的衣服做好了嗎?」
「是的,按照您想要的樣子做好了,請來這裡試穿。」
老闆羽衣仙女帶著蝦仁到試衣間。

2

「喔呵呵，我看起來怎麼樣呀？」

穿上天婦羅麵衣的蝦仁走了出來。

「啊，是酥酥脆脆、看起來超棒的

炸蝦天婦羅啊！」

羽衣仙女忍不住拍起手來。

「那我就買這件吧！」

「謝謝您的惠顧。」

4

5

羽衣仙女可沒忘了招呼其他客人。

「這位客人，您覺得這片海苔怎麼樣呢？」

「哇，好棒喔！」

「那請來試穿看看吧。」

「欸ㄟ嘿ㄏㄟ嘿ㄏㄟ，怎ㄗㄣ麼ㄇㄜ樣ㄧㄤ啊ㄚ？」
飯ㄈㄢ糰ㄊㄨㄢ很ㄏㄣ得ㄉㄜ意ㄧ的ㄉㄜ穿ㄔㄨㄢ上ㄕㄤ海ㄏㄞ苔ㄊㄞ。
「好ㄏㄠ體ㄊㄧ面ㄇㄧㄢ呀ㄧㄚ，真ㄓㄣ是ㄕ太ㄊㄞ適ㄕ
合ㄏㄜ你ㄋㄧ了ㄌㄜ。」
羽ㄩ衣ㄧ仙ㄒㄧㄢ女ㄋㄩ微ㄨㄟ笑ㄒㄧㄠ著ㄓㄜ說ㄕㄨㄛ。
「那ㄋㄚ我ㄨㄛ就ㄐㄧㄡ買ㄇㄞ這ㄓㄜ個ㄍㄜ啦ㄌㄚ！」
「謝ㄒㄧㄝ謝ㄒㄧㄝ您ㄋㄧㄣ的ㄉㄜ惠ㄏㄨㄟ顧ㄍㄨ。」

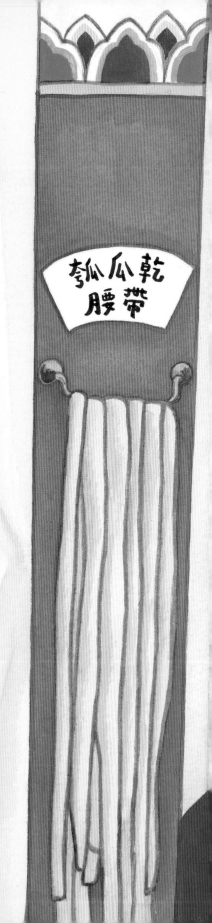

接著著上門的是什錦壽司飯。

「有適合我的衣服嗎？我想去參加美食大賽。」

「當然有囉，您覺得這個如何呢？」

什錦壽司飯輪流試穿了四角形的豆皮和三角形的豆皮，

變成甜甜的迷人帥哥。

「嗯 …… 好猶豫啊！
算了，我兩件都帶好了。
那我就穿三角形這件回去啦！」
於是什錦壽司飯就變成
什錦豆皮壽司回去了。
「謝謝您的惠顧。」

過了一會兒，白麻糬和粉紅麻糬來了。
「啊，店裡有非常適合兩位的衣服喔！
請試試看吧！」

「哇，好香喔！」

他們變身成了槲葉麻糬和櫻花麻糬。

「那我們就買這個囉！」

「謝謝兩位的惠顧。」

客(ㄎㄜˋ)人(ㄖㄣˊ)一(ㄧ)個(ㄍㄜˋ)接(ㄐㄧㄝ)著(ㄓㄜ˙)一(ㄧ)個(ㄍㄜˋ)來(ㄌㄞˊ)，
大(ㄉㄚˋ)家(ㄐㄧㄚ)都(ㄉㄡ)想(ㄒㄧㄤˇ)著(ㄓㄜ˙)：「我(ㄨㄛˇ)要(ㄧㄠˋ)
成(ㄔㄥˊ)為(ㄨㄟˊ)最(ㄗㄨㄟˋ)好(ㄏㄠˇ)吃(ㄔ)的(ㄉㄜ˙)食(ㄕˊ)物(ㄨˋ)！」

然(ㄖㄢˊ)後(ㄏㄡˋ)請(ㄑㄧㄥˇ)羽(ㄩˇ)衣(ㄧ)仙(ㄒㄧㄢ)女(ㄋㄩˇ)
幫(ㄅㄤ)他(ㄊㄚ)們(ㄇㄣ˙)挑(ㄊㄧㄠ)選(ㄒㄩㄢˇ)衣(ㄧ)服(ㄈㄨˊ)。
就(ㄐㄧㄡˋ)這(ㄓㄜˋ)樣(ㄧㄤˋ)，店(ㄉㄧㄢˋ)裡(ㄌㄧˇ)好(ㄏㄠˇ)忙(ㄇㄤˊ)
好(ㄏㄠˇ)忙(ㄇㄤˊ)啊(ㄚ)！

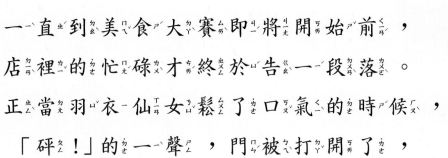

一直到美食大賽即將開始前，
店裡的忙碌才終於告一段落。
正當羽衣仙女鬆了口氣的時候，
「砰！」的一聲，門被打開了，
炸蝦衝了進來，

「羽衣仙女——
快想想辦法！」

「竹筴魚、地瓜、
蘆筍、蚵仔、竹輪，
大家都穿炸物衣服。」
炸蝦看起來快哭了。

「這樣我就沒辦法得到美食大賽冠軍了，請再幫我做新的衣服。」
「啊，現在嗎？不知道來不來得及……」
羽衣仙女左思右想。

「羽ㄩˇ衣ㄧ仙ㄒㄧㄢ女ㄋㄩˇ——

請ㄑㄧㄥˇ幫ㄅㄤ我ㄨˇ做ㄗㄨㄛˋ新ㄒㄧㄣ的ㄉㄜ˙衣ㄧ服ㄈㄨˊ。」

飯ㄈㄢˋ糰ㄊㄨㄢˊ邊ㄅㄧㄢ說ㄕㄨㄛ邊ㄅㄧㄢ衝ㄔㄨㄥ了ㄌㄜ˙進ㄐㄧㄣˋ來ㄌㄞˊ。

「啊ㄚ，你ㄋㄧˇ也ㄧㄝˇ要ㄧㄠˋ？」

「我的飯糰朋友們
每個都穿海苔的衣服！
我想要來件不一樣的！」
飯糰急急忙忙的說著。
羽衣仙女聽完便站了起來，說：

「我知道了，包在我身上。」
然後咻咻咻的把海苔拉了出來，
喀擦喀擦喀擦。

接著_{ㄐㄧㄝ ㄓㄜ}，

這_{ㄓㄜ}樣_{ㄧㄤ}弄_{ㄋㄨㄥ}弄_{ㄋㄨㄥ}，那_{ㄋㄚ}樣_{ㄧㄤ}做_{ㄗㄨㄛ}做_{ㄗㄨㄛ} ……

「好_{ㄏㄠ}了_{ㄌㄜ}，覺_{ㄐㄩㄝ}得_{ㄉㄜ}怎_{ㄗㄣ}麼_{ㄇㄜ}樣_{ㄧㄤ}？」

「你們同心協力，
變成炸蝦飯糰！」
「好、好、好、好棒喔——！」
飯糰和炸蝦都好開心。
「好了，快去比賽會場吧！」

好ㄏㄠˇ不ㄅㄨˋ容ㄖㄨㄥˊ易ㄧˋ趕ㄍㄢˇ上ㄕㄤˋ美ㄇㄟˇ食ㄕˊ大ㄉㄚˋ賽ㄙㄞˋ，
大ㄉㄚˋ家ㄐㄧㄚ看ㄎㄢˋ到ㄉㄠˋ他ㄊㄚ們ㄇㄣˊ的ㄉㄜ˙裝ㄓㄨㄤ扮ㄅㄢˋ都ㄉㄡ嚇ㄒㄧㄚˋ了ㄌㄜ˙一ㄧˋ跳ㄊㄧㄠˋ。

接下來，得獎的是——

「炸蝦飯糰！」

羽衣仙女也拿到了特別獎。

大家熱烈的鼓掌，真是熱鬧啊！

後記

當我看到包著海苔的飯糰和沒有包海苔的白色飯糰擺在一起的時候，注意到「食物穿著『衣服』」這件事。神奇的是，白色的飯糰看起來有些性感，「這不是裸體嗎？」想著想著居然害羞了起來。這麼一想，其實穿著「衣服」的食物很多，從穿著迷人黑海苔的飯糰，到穿著華麗麵衣的天婦羅和炸物，餃子和燒賣則是把具透明感的皮穿得很美麗。「櫻花麻糬和槲葉麻糬披著散發香氣的葉子，有點單薄呢！」、「天婦羅飯糰是兩個同樣穿著衣服的朋友搭在一起，感覺穿得很厚啊！」就這樣，我腦中浮現出這些靈感。

人類會想挑選穿起來漂亮的衣服，食物和我們一樣，也是穿著讓自己變得更好吃的衣服呢！為了不辜負他們的「愛美」，我們用餐的時候得用眼睛和舌頭好好享用才是。

附註：槲葉麻糬原名「柏餅」，櫻花麻糬原名「櫻餅」，兩者皆為和菓子的一種。

野志明加

1978年出生於日本和歌山縣。繪本代表作有「好吃的服裝店」系列、《天婦羅奧運會》、《香蕉爺爺香蕉奶奶》、《小草莓，妳在哪裡？》（三民書局）、《爸爸的背》（CHILD本社）、《動物們的冬眠旅館》（大穎文化）、《交給我！》（薪展文化）、《小布、小霹、小多購物記》、「微笑熊」系列（光之國）、《開動了忍術密技》（東本願寺出版部）等。

©好吃的服裝店

文圖／野志明加　譯者／蘇懿禎
發行人／劉振強　出版者／三民書局股份有限公司　電話／02-25006600
地址／臺北市復興北路 386 號（復北門市）　臺北市重慶南路一段 61 號（重南門市）
三民網路書店 http://www.sanmin.com.tw
初版一刷 2017 年 12 月　初版五刷 2022 年 8 月
書籍編號：S858331　ISBN：978-957-14-6335-3

おいしいふくやさん
Copyright © 2015 by Sayaka Noshi
First published in Japan in 2015 by Child Honsha Co., Ltd., Tokyo
Traditional Chinese translation rights arranged with Child Honsha Co., Ltd.
through Japan Foreign-Rights Centre / Bardon-Chinese Media Agency
Traditional Chinese translation rights © 2017 San Min Book Co., Ltd.

小山丘官網